AF233414

LA RESTITUTION

DES

SAINTS LIEUX.

POEME HEROIQUE.

A PARIS,

De l'Imprimerie d'A N T O I N E L A M B I N, ruë Saint
Jacques, au Miroir.

M. DC. XCII.

Avec Approbation & Permiſſion.

A
MADAME
DE
MAINTENON.

Madame,

Le zèle que vous faites paroître pour les interéts du Christia-
nisme m'a inspiré le dessein de vous dédier ce Poëme Chrétien.
C'est un hommage que les Réligieux de la Terre-Sainte doivent
à la piété de LOUIS LE GRAND, & qu'ils vous sup-
plient, MADAME, d'appuyer de l'honneur de vôtre protection.
Comme rien ne leur est plus glorieux que de rentrer dans l'heri-
tage, où le Sauveur du monde a consommé l'ouvrage de nôtre
Redemption ; rien aussi ne leur a parû plus digne de leur recon-
noissance & de leurs éloges, que le mérite du HEROS, à qui ils en
sont redevables. Ils avoient emprunté ma voix, pour lui en faire
leurs premiers remercimens : Mais, MADAME, ce n'étoit pas
assez donner d'étenduë à l'ardeur de leur zèle. Il falloit une bou-
che plus éloquente que la mienne ; & le plus noble de tous les
Arts étoit seul capable d'en tracer une vive image à la Postérité.
J'ay crû, MADAME, suppléer avantageusement à ce que je
n'ay pû faire par moy-même, en choisissant la plume d'un Ecri-
vain, que plusieurs Académies Royales ont honnoré de leurs

A ij

prix, & de leur estime. Son génie, & la sainteté du sujet me font espérer, que si Vous daignez lire cet ouvrage, Vous luy procurerez le moment favorable de paroître aux yeux du HEROS pour lequel il a été composé. Les beaux sentimens dont il est remply serviront à nourrir la piété de ce grand Prince, & à l'enflâmer de plus en plus à travailler pour la gloire de la Réligion. Ce seroit icy, MADAME, une occasion favorable de parler de vôtre merite & de vos vertus, si vous étiez du nombre de ces ames communes, dont on a coûtume de briguer l'appuy par des loüanges affectées, & qui n'estiment les ouvrages, qu'à proportion qu'elles y sont flatées dans les Epîtres dédicatoires. Vôtre esprit, MADAME, qui est audessus des loüanges, & qui connoît si bien le juste prix des choses, agit par des motifs bien differens ! La gloire de Dieu, & celle du Prince sont les seuls mobiles de vos actions, & vôtre modestie ne souffre point, que pour vous engager à faire du bien, on s'efforce à vous intéresser par des éloges. Je me contenteray donc, MADAME, de vous supplier tres-humblement d'agréer, que j'ose, au commencement de cette nouvelle année, vous offrir l'éloge d'un triomphe, que la Poësie n'a point encor célébré, & que j'ajoûte à cette offrande la protestation d'être toute ma vie avec un zèle véritable, & un respect tres-profond,

MADAME,

Vôtre tres-humble & tres-obéïssant serviteur,
Fr. LOUIS VERDUN,
Commissaire Général de la Terre-Sainte.

LA RESTITUTION
DES
SAINTS LIEUX
POEME HEROIQUE.

CENT Monarques jaloux du bonheur de la France,
S'efforcent vainement d'abbaiſſer ſa puiſſance ;
Sous le plus grand des Rois, à l'abry de leurs coups,
Elle rit des projets, qu'a formez leur courroux.
Sans troubler ſon repos, le demon de la guerre,
Dans les champs ennemis fait gronder ſon tonnerre,
Et tout ce que Bellonne a de triſte, & d'affreux,
LOUIS ſçait l'écarter de ſon Empire hûreux.
Mais ce n'eſt point aſſez que ſes vertus guerrieres,
Les armes à la main protégent nos frontiéres ;
Son zéle, qui ſoûtient ſes fidéles ſujets,
Luy préſente aujourd'huy de plus dignes objets :
Le culte des Autels, les droits du Diadême,
Dont l'erreur veut ſouïller la Majeſté ſuprême,
Plus que nos intérêts ont excité LOUIS,
D'exercer ſa valeur par des faits inoüis.

A iij

Il sçait, ce Roy Chrétien, que les grandeurs humaines,
Sans l'appuy du Seigneur sont fragiles, & vaines,
Et qu'il n'est point icy de lauriers immortels,
Que ceux qu'un Roy moissonne aux pieds de nos Autels.
De ces beaux sentimens son ame pénétrée,
Combat seule aujourd'huy l'Europe conjurée,
Et voit le Ciel, propice à l'Empire des lys,
Favoriser des droits, sur les siens établis.
Mais tandis qu'au Couchant sa Valeur animée,
Défend les intérêts de l'Eglise opprimée,
Jusques dans l'Orient il cherche à signaler,
Ce zéle, dont pour Dieu son cœur se sent brûler.
De ces Lieux, où JESUS daigna mourir, & naître,
Sa pieté le rend & l'arbitre, & le maître,
Et les Chrêtiens en foule, à l'abry de son Nom,
Viennent baiser les murs de la sainte SION.
Là, sans armer son bras, ses vertus pacifiques,
Bannissent pour jamais d'insolents Schismatiques,
Qui du Dieu d'Israel osant braver la loy,
Ont usurpé des biens conquis par GODEFROY.

En 1099. Ennemis des Autels que la France protege,
Delignages
d'Outre-mer, Où n'ont-ils point porté leur fureur sacrilege;
chap. 1.

Lors que par leur secours, des Tyrans ^a odieux,

Oserent envahir l'Empire des Saints Lieux?

A cent affronts divers l'Eglise abandonnée,

Vit la Cité de Dieu tristement prophanée.

Bethléem regretta ses Temples démolis ,

Des sacrez ornemens on arracha nos lis ;

Et ces dons précieux , dont nos plus grands Monarques ,

Avoient d'un zéle ardent laissé d'illustres marques ;

Ces lampes, qui brilloient dans cet auguste lieu ,

Cesserent de servir au culte du vray Dieu.

Ce bois même, où vaincu par sa bonté feconde ,

JESUS en expirant, rendit la vie au monde ;

La Croix , ce digne objet du respect des humains ,

Vit sur elle imprimer la fureur de leurs mains :

Lors qu'à grands coups de foüet leur aveugle manie ,

Tenta ce qu'ils n'ont pû sur l'Auteur de la vie.

Mais que ces insensez par de telles horreurs ,

Coûterent aux mortels & de sang , & de pleurs!

Par la main de nos Rois justement protégée ,

Adorable SION , tu dois être vengée!

Voy , pour te secourir , combien d'hommes armez ,

A l'envy dans tes champs accourent animez.

a Les Sarrazins.

Vie de Pierr l'Hermite.

b S. Bernard.
c Louis VII.

Enflammé par [b]BERNARD, un de nos fameux [c]Princes,

Quitte avec cent Heros le fein de nos Provinces,

d L'Empe-
reur Conrad.
Abbas Uf-
perg. in Con-
rado.
Sanut. liv. 3.
part. 6. chap.
19.

Et [d]CONRAD imitant leur genereux deffein,

Aux forces du François, joint celles du Germain :

La diftance des lieux, le danger, & la peine,

Ne fçauroient arrêter l'ardeur qui les entraîne,

Et bien-tôt l'Orient alloit être foûmis,

S'ils avoient fçeu dompter de fécrets ennemis.

e L'Empereur
Manuel.
Sanut. liv. 3.
part. 6.
chap. 19.

Si d'un perfide [e]Grec, qui méditoit leur perte,

L'horrible trahifon eût été découverte :

Luy feul jaloux de voir leur terrible armement,

Parmy d'affreux deferts l'engage adroitement,

Mart. Polon.
in Henrico.

Et là, de ces guerriers vaincus par la famine,

L'Infidelle a fans peine achevé la ruine.

Cependant un fuccez fi contraire à tes vœux,

SION, de tes enfans n'éteignit pas les feux :

f Philippe
Augufte.
Sanut. part 9.
liv. 3. chap. 4.
liv. 3. chap. 4.
part. 10.
g Richard
Cœur de Lion.
Sanut. liv. 3.
part. 10. *chap.*
4.

Et [f]PHILIPPE, & [g]RICHARD touchés de tes difgraces,

A travers cent écueils ont marché fur leurs traces,

Et ces deux vaillans Rois en la fleur de leurs ans,

Confacrerent leurs Noms par cent faits éclatans.

Alors, loin d'abolir le culte de l'Eglife,

L'Angleterre à fes loix, à fes Princes foûmife,

Des.

Des droits les plus sacrez, qu'elle brave aujourd'huy,

Se montra tout ensemble & l'azile , & l'appuy.

Mais quel Demon jaloux d'une si sainte guerre ,

En détourna soudain la France & l'Angleterre ,

Tandis qu'un des [h] CESARS devançant nos guerriers ,

Accourût dans tes champs se couvrir de lauriers ?

Que ne soûmit-il point au gré de son courage !

Le [i] Grec voulut en vain disputer le passage ,

FRIDERIC le força de ceder à ses loix ;

Et SALADIN luy-même enflé de ses exploits ,

N'auroit pû resister à l'effort de ses armes ,

Si sa mort, du Tyran n'eût calmé les alarmes ,

Et si, comme ALEXANDRE [k] en tous lieux redouté ,

Le Cydnus en son sein ne l'avoit arrêté.

D'un Eté trop brûlant il crût par cette eau vive ,

En se baignant dompter la chaleur excessive :

Mais helas ! dans cette onde, il trouve le trépas ,

Qu'il évita cent fois dans l'ardeur des combats.

C'est à vous d'achever cette noble entreprise ,

Princes, de qui la foy depuis long-tems promise ,

Ne différe que trop ce voyage sacré ,

Que vous avez tous deux publiquement juré ?

B

h Frideric I.
Sanut. liv. 3.
part. 10. *ch.* 2.

i L'Empereur
Isaac l'Ange.

k Alexandre
le Grand cou-
rut risque de
sa vie pour s'ê-
tre baigné
dans ce fleuve.
Quint. Curt.

Dans ſa captivité, S I O N infortunée,

En perdant F R I D E R I C ſe voit abandonnée :

Sans tarder plus long-tems volez à ſon ſecours,

Pour l'affranchir des fers, conſacrez vos beaux jours,

Et ſans vous déchirer par des guerres cruelles :

S'il faut à vos Vertus des palmes immortelles,

Allumez pour D I E U ſeul un ſi juſte courroux,

L'ennemy des Chrétiens eſt plus digne de vous.

Sanut. liv. 3.
part. 10. ch. 4.   Ils partent, & bien-tôt leur effroyable armée,

Eût arboré la Croix dans toute l'Idumée,

Sanut. liv. 3.
chap. 5. & 8.   Si la diviſion fatale à tant d'Etats,

N'eût trop tôt rappellé ces deux grands Potentats ;

Leurs eſprits différens, & leurs humeurs contraires,

Confondirent alors leurs projets militaires :

L'ennemy plus ſuperbe au bruit de leur départ,

Vendit cher aux Chrétiens ſon plus fameux Rampart,

Sanut. liv. 3.
part. 10. ch. 5.   Et par mille travaux P T O L E M A Ï S ſoûmiſe,

Fût le prix, & la fin d'une longue entrepriſe.

Que ne ſouffris-tu point S I O N, quand de tes champs,

La diſcorde eût banny deux Rivaux ſi puiſſans ?

Malgré les vains efforts, que fit la Germanie,

Elle ne pût jamais vaincre la tyrannie,

Ny par le bras vangeur de ſes Princes unis,

Reparer en trente ans la perte que tu fis.

Il eſt têms qu'un ſaint Roy[1], qu'a veu naître la France,

Ainſi que ſes Ayeux, s'arme pour ta défenſe.

Ses forces, ſa valeur, & ſon zéle épuré,

Promettent aux Chrétiens un triomphe aſſeuré.

Il s'avance, & déja ſur ſes pas la victoire,

Couronne ſes projets de bonheur & de gloire.

Juſqu'au fond de ſes eaux le Nil épouvanté,

Voit au premier combat le Sarrazin dompté,

Et de ſes champs feconds la plus ſuperbe[m] Ville,

N'oppoſe à ſa Valeur, qu'un obſtacle inutile.

Mais, qu'apperçois-je ? ô Ciel ! quel étrange revers !

Louis aimé de Dieu, loin de briſer tes fers,

Malheureuſe Sion ! pour fruit de tant de peines,

Eſt luy même tombé dans de barbares chaînes,

Où le Ciel éprouvant ſa conſtance, & ſa foy,

Fait par l'adverſité, d'un grand Prince un ſaint Roy.

Juſte dans ſes deſſeins, dont l'humaine foibleſſe,

Ne doit jamais blâmer l'ordre, ny la ſageſſe,

Dieu, peut-être, exerçant ce Roy plein de vertus,

Puniſſoit les excez des Chrétiens corrompus,

l S. Louis.
Sanut. liv. 3.
part. 12. ch. 2.
Joinville.

m Damiete.

Joinville.
Sanut. liv. 3.
part. 12. ch. 3.

Sanut. liv. 3.
part. 8. ch. 5.
& 6.

B ij

S. Bernard,
de confid. liv.
2. chap. 1.

Dont le zele apparent, la piété fardée,

N'offroient aux yeux mortels, qu'une trompeuse idée,

Tandis qu'abandonnez à de sales ardeurs,

Ils recouroient à DIEU qu'ils chaffoient de leurs cœurs.

LOUIS dont la vertu magnanime & folide,

Eft de tous fes deffeins l'objet, l'ame, & le guide,

Ne fçait point démentir la noble fermeté,

Qui le fuit dans la pompe, & dans l'adverfité:

Toûjours prompt à benir l'Auteur de la Nature,

Il compte pour des biens tous les maux qu'il endure,

Et fçait qu'un vray Chrétien perfecuté, fouffrant,

Suit l'exemple d'un Dieu fur la Croix expirant,

C'eft en vain qu'à fes yeux des Tyrans pleins d'audace,

Le poignard à la main infultent fa difgrace:

Sa vertu jufqu'au fond du plus barbare cœur,

Va changer en refpect la haine & la fureur.

Ces inhumains charmez de fa conftance extrême,

A ce noble captif offrent le diadême:

Mais l'honneur de regner dans ces lointains climats,

Doit ceder aux befoins de fes propres Etats:

Il revient y calmer le trouble, & les allarmes;

Et quand il peut goûter un repos plein de charmes,

A vanger tes mépris plus ardent que jamais,

S I O N, il vole encore à de nouveaux projets,

Et veut dans une vie exempte de mollesse,

Jusqu'au dernier soûpir couronner sa sagesse :

Mais D I E U, content des maux, qu'il a soufferts pour toy,

Dans le sein d'Abraham va placer ce grand Roy.

Prest de forcer Tunis, sa vigueur abbatuë,

Cede à l'air corrompu qui l'infecte, & le tuë,

Il meurt ; & ton espoir expirant avec luy,

Parmy de fiers Tyrans, te laisse sans appuy.

Combien de fois helas ! sous leur joug asservie,

Plaignis tu vainement ta liberté ravie,

Sans qu'aucun Potentat touché de tes malheurs,

S'efforçât d'arrêter le torrent de tes pleurs ?

Quatre siécles entiers témoins de tes miséres,

N'ont point vû refleurir cette ardeur de nos Péres,

Jusqu'à ce jour heureux, où ton éclat perdu,

Renaît sous un H E R O S du saint Roy décendu.

Heritier de son nom, ainsi que de son zele,

Il consacre ses soins à ta gloire immortelle,

Et ce que C H A R L E M A G N E intrépide, & pieux,

Fit par le seul éclat de son nom glorieux,

Sanut. liv. 3.
part. 12. ch. 10.

Sanut. liv. 3.
part. 12. ch. 10.

Louis, dont l'Ottoman révére la puiſſance,
Le fait ſans employer ſa force, & ſa vaillance;
Sans voir tomber des murs ſous l'effort de ſon bras,
Ce Prince ménager du ſang de ſes ſoldats,
Préfere les lauriers, que ſon zéle moiſſonne,
A ceux, dont la valeur dans nos champs le couronne.
Certes, s'il faut vanter un triomphe éclatant,
Qu'au prix du ſang humain achete un combattant,
Confeſſons, qu'à nos yeux ce qu'il offre de charmes,
A mille infortunez fait répandre des larmes.
Mais ce triomphe hûreux, que l'eſtime, & l'amour,
Luy dreſſent aux climats, où ſe leve le jour,
Sans répandre de ſang, ny forcer de murailles,
Illuſtre mieux ſon nom, que n'ont fait cent batailles,
Où le Vaincu cédant à l'effort du Vainqueur,
Ne ſoûmet que ſon bras, & refuſe ſon cœur.
Un Roy qui ſur ſes pas voit marcher la juſtice,
N'aime que la vapeur d'un libre ſacrifice,
Et ſans être contraint n'arme point ſon courroux.
Tel on verroit Louis, peuple ingrat & jaloux,
Germains, par ſes bontez attirer vôtre hommage,
Si, par mille attentats éveillant ſon courage,

Vous ne l'aviez forcé vous mêmes de s'armer,

Pour punir les complots, que vous ofiez tramer ?

A quel excez d'horreur vôtre effroyable Ligue,

N'a-t-elle point porté la malice, & la brigue,

Lors qu'au mépris du fang, de l'Eglife, & des Lois,

Vous appuyez l'erreur, & détrônez les Rois ?

C'eft affez infulter le Ciel, & la Nature;

Rompez l'injufte nœud d'une Ligue parjure,

Et n'autorifez pas vos rebelles fujets,

A former contre vous de femblables projets.

Pour vous, qui connoiffant ce Prince magnanime,

Rendez à fes Vertus un tribut legitime,

Superbes OTTOMANS, accordez vôtre appuy,

Aux SAINTS LIEUX, qu'à nos vœux vous rendez aujourd'huy,

Et laiffez-y regner fans defordre, & fans guerre,

Le culte qu'on y doit au SAUVEUR de la terre ?

Rien ne plaît davantage au plus Chrétien des Rois,

Que d'y voir triompher l'étendart de la Croix,

Et d'y fervir un DIEU, dont la gloire fuprême,

Eft plus chere à fes yeux, que n'eft fon diadême.

Mais, fi perdant un jour ces refpects inoüis,

Qu'ont fait naître en vos cœurs les vertus de LOUIS,

De son zele Chrêtien vous détruisez l'ouvrage,

Fiers OTTOMANS, craignez l'effet de son courage.

Ce Prince redoutable autant qu'il est aimé,

S'ouvrira le chemin que vous aurez fermé,

Et par ses dignes Fils formez sur ses exemples,

Soûtenant aprés luy les honneurs de nos Temples,

Il ne verra jamais braver impunément,

La foy, que ses Neveux garderont constamment.

L. MAUMENET.

APPROBATION.

J'Ay lû le Poëme de la restitution des Saints Lieux par LOUIS LE GRAND. Il traitte deux sujets, que toutes les beautez de l'Eloquence, & de la Poësie ne peuvent épuiser, qui sont la Pieté, & la Grandeur du Roy. Ainsi on ne doit pas s'étonner, si l'on le trouve trop court. Il dit neanmoins beaucoup en peu de paroles, ce qui n'est pas ordinaire à ces sortes d'Ouvrages. Il m'a paru digne d'être donné au public. C'est le jugement que j'en ay porté, ce 18. Decembre 1691.

COCQUELIN.

Veu l'Approbation, permis d'imprimer.
Fait ce 22. Decembre 1691.

DE LA REYNIE.

REMERCIMENT
FAIT
AU ROY,

PAR LE PERE LOUIS VERDUN, COMMISSAIRE General de la Terre-Sainte, le jour de SAINT LOUIS, 25. Aouſt 1690. dans une Audience publique, où il fut introduit à dix heures du matin par Monſieur le Marquis DE CROISSY, Miniſtre & Secretaire d'Etat, & preſenté par Mʳ le Comte d'AVAUX, Protecteur de la Terre-Sainte.

SIRE,

PERMETTEZ qu'au nom des Supérieurs de la Terre-Sainte, dont j'ay l'honneur d'être Commiſſaire par ordre de VÔTRE MAJESTE', je vous rende des Actions de graces immortelles de la reſtitution des Saints Lieux, que vous venez de procurer à l'Egliſe Catholique. Toute brillante qu'elle eſt par l'éclat de vôtre Royale Protection; Elle gemiſſoit, SIRE, depuis long-têms, de la perte d'un ſi précieux treſor, & voyoit avec douleur cette ſainte habitation entre les mains des Schiſmatiques ſes plus cruels ennemis: Mais, SIRE, ce que vos Ayeux les plus zélez n'ont pû luy rendre par la force de leurs armes, Elle l'obtient aujourd'huy par la ſeule idée qu'on a de Vôtre Grandeur, de Vôtre Puiſſance, & de Vôtre Magnanimité. Tout l'Orient charmé de vos Vertus vous adore, dans le têms que toute

C

l'Europe eſt forcée de vous craindre , & vous gagnez les cœurs des Nations les plus reculées, au moment que vous humiliez vos Voiſins jaloux. Que ce Triomphe, S I R E , eſt avantageux à la Religion ! qu'il eſt glorieux pour V Ô T R E M A J E S T E', puis qu'il luy offre des palmes qui ne ſont point arroſées du ſang de ſes Sujets, & que l'intérêt de l'Etat n'y partage point celuy de J E S U S-C H R I S T ! Souffrez, S I R E , que plein de reſpect & de reconnoiſſance, j'en faſſe éclater publiquement les témoignages, & que pour les rendre plus ſolemnels, j'oſe ſupplier tres-humblement V Ô T R E M A J E S T E' d'ordonner un *Te Deum* , dans l'Egliſe du grand Convent des Cordeliers, avec un Feu devant la porte. Nous ne ceſſerons, S I R E , cependant d'offrir à Dieu nos Priéres pour la conſervation de Vôtre ſacrée Perſonne , & pour la proſpérité de vos armes ; & nous n'oublirons rien pour attirer ſur V Ô T R E M A J E S T E' les bénédictions du Ciel dans ces mêmes Lieux, où le Sauveur du monde les a répanduës ſi abondamment ſur tous les hommes.

Ce Remerciment fut fait peu de jours aprés la Victoire remportée à Fleurus ſur les Princes liguez, & aprés la défaite des Flotes d'Angleterre & de Hollande dans la Manche.

LE ROY accorda au Pére Verdun le Te Deum, & le Feu d'artifice qu'il ſouhaitoit, & la ſolemnité en fut faite le 20. Septembre ſuivant dans le grand Convent des Cordeliers de Paris, avec beaucoup d'acclamation & de ſuccés. Le Mercure François du mois d'octobre 1690. en a donné les particularitez au public, avec bien de l'exactitude.